Fantômes d'astreinte

© 2021 Ph. Aubert de Molay/Hispaniola Littératures

Édition : BoD – Books on Demand,
12/14 rond-point des Champs-Élysées, 75008 Paris
Impression : BoD – Books on Demand, Noderstedt, Allemagne

Chargée d'édition HL : Rose Evans

Collection 1 nouvelle

Photographies de couverture : Phil Aubert de Molay

ISBN : 978-2-3222-6825-2
Dépôt légal : Juin 2021

Fantômes d'astreinte
nouvelle

Philippe Aubert de Molay

HISPANIOLA LITTERATURES

Collection 1 nouvelle

Partir, c'est pourrir un peu.
Darius Siam,
*À **la nuit tombante**.*

Fantômes d'astreinte

Au début, j'ignorais qu'il s'agissait du début. Ou je ne voulais pas le savoir. Alors comme tous les autres, je me suis battu. en vain bien sûr. Mourir bien franchement aurait été le plus simple. Depuis la nuit des temps : se sentir mal soudainement, attendre un peu, ne pas aller mieux, souffrir, consulter, se soigner, souffrir encore, continuer de se soigner, croire que ça va s'arranger, finir par comprendre que non, re-souffrir, récapituler des choses sur sa propre vie, accepter le soulagement des profondeurs à venir, souffrir encore, lâcher l'affaire et rendre l'âme. La routine cosmique, donc.

Mais ce n'est pas ce qui se produit désormais. Pour faire court (car *visiblement* il ne me reste pas un temps démesuré), voici la situation : les premiers cas remontent à seize mois environ. Des gens de tous âges et géographiquement disséminés sur toute la planète se sont mis – comment exprimer une telle chose – à « s'effacer ». En exactement dix mois, les personnes frappées par cette étrange maladie sans nom, se dissolvent lentement, se décolorent puis s'invisibilisent.

INVISIBILITE : Caractère, état de celui ou de ce qui est invisible. Fait pour une personne de se dérober aux regards et de refuser de se manifester. *L'Empereur avait quitté la salle, rendu pour de bon, cette fois, à cette invisibilité qui faisait partie du prestige de monarques orientaux* (Edmond Tharaud et Darius Siam, *Passants d'Éthiopie,* 1936, p. 125).

S'évanouir, disparaître lentement, fondre comme neige au soleil. Devenir plus pâle, à peine une fumée, puis transparent. Enfin, être tout entier invisible. Être un n'être plus.

Empr. au lat. chrét. *invisibilitas* : caractère invisible (notamment de Dieu).

Du vent, s'être perdu.

Les victimes (plusieurs millions à cette heure tandis que le mouvement s'accélère de jour en jour) subissent sans douleur une longue et très progressive dématérialisation de leur corps. La science parle de fonte atomique. D'évaporation, de désintégration, de pulvérisation. L'humanité s'annihile, s'abolit, c'est une volatilisation. Dix mois après les premiers symptômes, vous aurez totalement *disparu*. Sans souffrance, vous êtes annulé, absorbé dans l'air doux. Gramme par gramme, voilà ce qui arrive, chacun va être *néantisé*. Moi aussi.

Le processus est irréversiblement enclenché. Je me translucidise. Et la conscience que j'ai de moi-même fond d'autant, au même rythme de valse lente. Déprise de ma corporalité, je suis en voie d'extinction. Avant je m'étendais à perte de vue, aujourd'hui, je ne me vois presque plus dans le miroir. Flou, flux, fluide, fou, flot, folie, je passe du visible à l'invisible. Lors de la première phase de la maladie, les gens perdent de l'épaisseur, de la compacité et de la luminosité. Ils se ternissent, s'affadissent, s'imprécisent. on dort beaucoup. On nous ausculte distraitement pour rien. On nous visualise dans un commencement de nuances de bleu et des caméras nous captent encore c'est rassurant. Cette couleur ne nous quittera plus et pigmente notre environnement. c'est pourquoi sur les réseaux sociaux, on parle de « peur bleue ». Vous basculez alors, et pour toujours, dans ce que les survivants nomment poétiquement la zone d'incertitude. C'est impossible mais j'aimerais tant me revoir.

Je pense à ces livres où il est écrit sur la couverture, au dos : *mais rien ne se passera comme il l'avait imaginé.* Grande justesse des formules toutes faites. Depuis peu, sous la douche, je suis presque invisible. J'utilise du gel fluo rose pour me concrétiser. Rien ne se passe comme je pourrais l'imaginer.

Le gel fluo rose pour me manifester, me dessiner, me révéler. Me *revaloriser* comme le vante la publicité. l'effort continuel pour rester visible. Pour être tangible, regardable. Réel en somme. Présent, ici. On m'a retiré mon permis de conduire, décision préfectorale. C'est qu'on a eu l'impression de voir rouler des autos avec personne au volant. C'est perturbant pour les non-malades. On se serait cru dans un film d'animation. Ou pire, d'horreur.

L'autre matin à la radio, un spécialiste a expliqué : *L'énergie libérée lors d'une réaction nucléaire est bien plus importante que celle impliquée lors d'une réaction chimique. Par exemple, la fusion d'un proton et d'un neutron pour former un noyau de deutérium libère $3,36 \times 10^{-13}$ J ; alors que la combustion de l'hydrogène et de l'oxygène ne libère que $4,75 \times 10^{-19}$ J par molécule d'eau, soit environ 700 000 fois moins d'énergie.* Comme on le voit, on sait tout. Mais le problème reste entier. où voulait-il en venir ce scientifque ? Alors il a ajouté que : *l'Univers, le plus grand des systèmes physiques, possède depuis le Big Bang une certaine quantité d'énergie qui n'a jamais varié d'un gramme (seules varient les formes qu'elle prend) et tout échange entre deux systèmes doit respecter ce principe de conservation. Le second principe s'écrit $\Delta S \geq Q/T$ et décrit la manière dont l'énergie se transforme lentement ou bien brutalement. Il stipule que tout système laissé à lui-même voit son énergie interne se dégrader inexorablement. C'est une grande loi.*

Par exemple, une batterie chargée laissée au repos fnira par néantiser son énergie électrique, et ne pourra bientôt plus délivrer d'électricité (celle-ci étant devenue autre chose, une entité chimique). Cette dégradation sans perte d'énergie (on parle alors d'une transformation) n'est pas liée à une simple imperfection technologique imputable à l'objet batterie, c'est plutôt une pure loi universelle, valant pour tous les systèmes, y compris l'Univers.

Ce qui arrive est donc *plutôt* normal ?

Tout disparaît, voilà le secret. Résister est inutile. L'immatérialité est la destination. Calcul simple des spécialistes : dans moins de trois années, la terre sera désemplie de nous. La loi d'airain à laquelle nous sommes soumis ici considère qu'il existe une irréversibilité dans les phénomènes naturels (tôt ou tard, la batterie se videra o-bli-ga-toi-re-ment de son énergie), rendant ainsi compte du passage défnitif du temps, au contraire des autres lois physiques qui décrivent toutes des mécanismes réversibles. Certains physiciens supposent ainsi que le temps émergerait violemment de la dégradation énergétique. Il en serait le bruit. L'écho. Autrement dit la direction générale et particulière que prend l'univers, et donc la matière vivante – dont nous sommes les impuissants prisonniers – elle aussi, n'est autre que la transformation inévitable et pour ainsi dire automatique de notre état énergétique actuel en autre chose, ceci via la mort physique.

Et l'infni terrible effara ton œil bleu.

Voyant à peine mes mains devenues pâle fumée, j'épluche distraitement des légumes dans ma belle cuisine lavande toute neuve. Et je récite non-stop, comme un psaume antique, ce vers sacré et prophétique d'Arthur rimbaud : *Et l'infini terrible effara ton œil bleu.*

Les gens se sont rapprochés les uns des autres, choisissant de disparaître ensemble. Les amants, les familles, les amis, jusqu'à ce que la mort nous réunisse. Mais certains se floutaient plus vite que d'autres. Rythmes de chacun. Vitesse du délabrement. Injustice. Que notre nom soit sanctifié, que notre règne vienne. Inégalité devant l'altération, la flétrissure, la profanation, la casse. Commune maladie, chronologie individualisée de l'extermination. Tous étaient les serviteurs de leur corps, tous étaient traités comme des esclaves par leur chair. À l'impossible, tout le monde était tenu.

J'ai entendu une femme dire : *Si je tombe à terre, je ne me relèverai pas, je m'achèverai moi-même.* Et on lui a répondu : *Et moi, devenu un nuage de pluie bleue, en voilà de l'expérience personnelle !* On ne savait plus que faire. Oui, la vérité c'est qu'on ne savait plus que faire. Que dire. Tout devenait imprécis, inexact, embrouillé. Même le décor, il s'estompait. Moins vite que les gens mais il devenait papillotant, éblouissant, illogique.

Imparfait. Les enseignes lumineuses des centres villes délivraient sans arrêt le jugement suivant : *Qu'est-ce qu'un monde ? Sinon du vivant en train de mourir ?* Impuissance de la science. J'ai décidé de m'enfermer chez moi. Grosses courses à la supérette où ne fonctionnaient plus que les caisses automatiques. Qui profiterait encore de cet argent ?

La route

(avec arrêt possible

devant la bibliothèque du couloir)

entre la cuisine

et la chambre

est

généralement

assez

tranquille

je constate

Je regarde maintenant en boucle des reportages sur la décadence de Rome, sur la migration des gnous dans la réserve du Masaï Mara au Kenya, sur les condamnés à mort du procès de Nuremberg. Je suis une âme éclopée. Que faire ? où aller ? J'évite les actualités avec la fermeture de tous ces aéroports, des autoroutes, des hôtels et théâtres, des stades et des campings, des médiathèques et des écoles primaires, collèges, lycées, universités.

Les hôpitaux ferment aussi mais on ne le dit pas.

J'ai téléphoné à la famille, aux amis, au drive de la supérette (même si je n'avais besoin de rien) mais plus personne ne répond. Zéro rupture de stock, électricité ok, tout fonctionne mais il n'y a plus personne pour tout faire fonctionner. Autrement dit pour vendre et pour acheter (c'était notre principale activité civilisationnelle, vendre et acheter puis acheter et vendre), du coup on est désoeuvré.

La route
(toujours avec arrêt possible
devant la bibliothèque du couloir)
entre le salon (où je regarde une série U.S titrée
„Peur bleue", oui Hollywood est très réactif)
et la cuisine
est très très tranquille

La nuit, c'est pire. La nuit alarmante et amère, comme un bol d'encre de chine funestement renversé sur un dessin passable. Je ne tiens pas en place. Je remue dans le lit, je me relève, je me recouche, comme ces cons de requins. Qui meurent s'ils demeurent immobiles. Je suis en train de m'effacer, de plus en plus bleuissant. En train de mourir, le sachant, l'ignorant. Moi. La mort. Bon à être jeté. Raté, approximatif, pas net, accroché comme un mendiant à une heure de plus. Comme il est noté sur un petit autocollant lors de certains tirages : *une photo hors normes non facturée.* Une erreur. La dissolution de ma personne génère son explosion illimitée, dans une sorte de souffrance acceptable, je deviens le monde.

Agité, je fais face à ce qui nous contemple depuis le néant. Pâte à modeler enfiévrée par la colère, je me diminue de jour en jour. Voyant le lointain de très près, m'abandonnant dans l'attrait du vide, cédant au vertige, chutant chutant. Me perdant de vue.

Désapprenant ce que je sais. M'infantilisant. On s'était mis à les appeler ainsi : *les Disparaissants.* Les Disparaissants, donc, devaient tenir le coup dix mois. De semaine en semaine, voir son propre corps s'éthérer. S'embruiner. S'émietter. Il s'agissait alors d'accompagner au mieux le mouvement.

D'acquiescer.

De déserter les lieux autrefois chéris, de moins fréquenter les gens aimés, de s'absenter. D'être couvert de *bleu*, maudite couleur de la pandémie. Alors se vêtir d'habits criards pour lutter contre l'amenuisement. Certains portaient carrément des gilets réfléchissants. Que réfléchissaient-ils ?

Pour

ne pas
couler

à pic

j'ai cherché à sombrer dans l'aveuglement. Stratégie : s'anesthésier. Signer un pacte entre ma disparition et moi. Je suis devenu la gomme et le dessin. Le chasseur et sa proie, l'ogre et l'enfant apeuré. L'abîme et le pont le surplombant. La colère et la résignation. Dans le frisson du soir, l'heure de l'Apocalypse était venue. Je devais voir un ciel nouveau et une terre nouvelle. Je devenais une substance vaporeuse, une étrangeté au sein du familier, un nuage minuscule. J'étais l'émotion, l'accident visuel, le monde qui change, l'inconnu. J'ai pu constater que les Disparaissants savaient que les longs combats, enfin, s'achevaient, que le calme pouvait régner désormais sous la forme d'un présent perpétuel, pour ainsi dire débarrassé de toute densité.

Je sais que va s'achever la si longue attente stérile, dans la pleine réconciliation avec moi-même, dans l'espérance charmante de l'unique maison où aller : le néant hospitalier. Seule l'enfance, dans ses remarquables moments de jeu intense avait su faire éprouver un tel heureux oubli de soi-même.

Aujourd'hui je comprends qu'un élan naturel et voulu transmutant, comme on l'espère du plomb avec l'or, rassemble mon existence confuse en une étrange unité : son consentement à disparaître.

Loin de la pauvreté douloureuse de la matière s'invente sous mes yeux floutés une parfaite façon d'être au monde : parmi les morts. Libéré de mon poids de viande dévastée, de ma carcasse ingouvernable, je revis d'avance. Il faut battre en retraite, mettre les voiles, débarrasser le plancher, filer à l'anglaise, en un mot comme en cent, foutre le camp. Oui. Message de l'univers reçu cinq sur cinq. C'est comme à la fin d'une longue conversation, lorsqu'on souriait de se savoir si pleinement compris. Ma vie sentimentale. forcément, j'y pense. En particulier parce qu'elle est morte.

Archives

De

Moi

Dans l'évanouissement fatal de mon corps, l'amour meurt aussi. Je lis dans l'encyclopédie ceci sur l'amour : *l'amour désigne un sentiment d'affection et d'attachement envers un être, un animal ou une chose qui pousse ceux qui le ressentent à rechercher une proximité physique, spirituelle ou même imaginaire avec l'objet de cet amour et à adopter un comportement particulier.* Pour ma part, noyé dans le bleu de mon invraisemblable disparition, je ne théorise plus l'amour. Je ne réfléchis plus. Je m'en désintéresse presque, à ma grande surprise. C'est tellement préférable. J'aurais bien dû le faire de mon vivant.

Soudainement, je me contente d'être habité d'images

de
senteurs

à peine de sensations.

Souvenances incontrôlables, invérifiables et pourtant invincibles. telles une saute de vent ou la promesse d'un orage, elles surgissent, en risées ou en rafales. Tendre rappel d'un papillon mordoré lors d'un premier pique-nique, d'un thé à la menthe sur les hauteurs en combustion de Casablanca, d'une corbeille de fruits confits et d'un verre de rhum sous une lune de confession. D'une source visitée ensemble en forêt.

L'encyclopédie explique encore : *Les états psychiques intenses provoqués par les passions amoureuses sont à l'origine, non seulement d'accomplissements remarquables dans les arts, la poésie et la littérature mais également de bouleversements individuels violents (tentatives de suicide, crimes passionnels) ou sociaux (selon la légende, la guerre de Troie fut provoqué en raison de l'enlèvement d'Hélène par le prince Pâris, qui fut subjugué par sa beauté sublime).* Aimer. la certitude que se découvrait là le plus grand bien de la terre. Succession de nuits d'eau pure (et de Macvin avec du pain d'épices), de jours d'animaux (se comporter comme), dans la satisfaction puissante d'être soi. Un grand pouvoir de sorcellerie, l'amour. Peut-être du fait qu'en se répétant plusieurs fois la même chose, on finit par penser que c'est vrai. Je lis que l'anthropologue Helen Fischer assimile la puissance de ce sentiment à une addiction proche de la cocaïno-dépendance. Le luxe provocateur de ceux qui s'aiment. Être lionne et lion. Chasser ensemble. Royauté de nous. Ensuite, changement. Une fin. Vestiges d'un regard superbe, désamour. Ruines et chardons. Puis se tordre les mains. Puis le sentiment de mon insignifance, selon la formule classique lue et relue dans les romans.

Mais toujours l'éternelle fascination pour la belle possibilité miraculeuse de tomber amoureux, ailleurs. Je sais aujourd'hui que les ravages de cette « peur bleue » sont infiniment préférables à cette attente inapprivoisable qu'est l'amour. Je laisse tomber aux pieds de mon lit la tyrannie du désir d'amour. Asile de flou. Régularité d'horloge du désastre. Petite musique dans ma tête, il se redit encore et encore que nous savons que certains physiciens supposent ainsi que le temps émergerait violemment de la dégradation énergétique. Il en serait le bruit. L'écho. Autrement dit la direction générale et particulière que prend l'univers, et donc la matière vivante – dont nous sommes prisonniers – elle aussi, n'est autre que la transformation de notre état énergétique en autre chose, ceci via la mort physique. Bla bla bla. Stèle de nos rêves.

Chambre

Cuisine

Salon

Chambre

(j'aurais tellement voulu un balcon)

Salon

Depuis le début, je roule à tombeau ouvert. Mordons la poussière un jour ou l'autre. Dans un plaisant remuement d'étoffes du passé, avec ces bruits de pas familiers, ces parfums inoubliés et la rumeur des années épuisées, comme un lent acheminement vers le noir fondamental, j'entends fredonner la voix insistante et rageuse d'un fauve en cage, mon cher poète assassiné Federico Garcia Lorca, seigneur du verbe : *Parce que tu es mort pour toujours, comme tous les morts de la Terre, comme tous les morts qu'on oublie, dans un amoncellement de chiens éteints.*

Un tas de linge bien plié, un papier peint choisi seul, le délice de n'être qu'un. Surviennent alors quelques rencontres. Pour frissonner dans les simulacres de présence, pour devenir une fidèle reconstitution de soi, pour trier qui nous sommes, choisir les qualités et les défauts de notre personne, pour être un héros de série télévisée, une capture d'écran.

Se réinventer tel qu'on se préfère. le nez levé vers un ciel vitrifié, j'ai regardé cette fenêtre illimitée du renouveau, cet azur compréhensif, comme si je pouvais l'ouvrir et me précipiter dehors. M'enfuir. Redevenir oiseau. Maintenant c'est possible. Car le quai est bleuté par la mer si proche, par l'embarquement si imminent. C'est arrivé, la race humaine se meurt, quitte ce vaste monde saccagé.

En procession pressée, les gens se ruent vers l'abîme immense et bleui par la chute des foules sidérées. Drame et clownerie. Dénouements. Sur le départ, je prends des postures de personnage de bande dessinée, je me fige dans la page sur laquelle je suis crayonné. On me gomme, on me rectife, on m'esquisse, on me romance. Je ne suis plus moi-même mais une forme imaginée, violette et hésitante. Un souvenir, déjà. Le visage glacé, pareil à un masque de carnaval, je garde pourtant intérieurement une fidélité aux histoires humaines, je deviens mon propre récit, mon commentaire de moi-même, un drôle de zèbre aux confins de lui. Heureux d'avoir été aimé. Du haut du pont, le voilà qui regarde les paysages ordinaires de sa vie. Et c'est beau, finalement. Petite cartographie d'une terre lointaine. Parmi les vivants, se résorbant dans la parole des rescapés, il est désormais une apparence, une idée, un reflet bizarre dans le miroir. Un fantôme d'astreinte.

Chambre

Frères humains ? Des petites créatures craintives, têtues, démunies et spectatrices involontaires de leur propre disparition. Jouant la représentation de soi dans l'imitation de vitesse. Dans le flou, pour accepter enfn qu'être heureux, c'est juste être soulagé.

Un beau soir, dans les bureaux désertés, sur les chantiers silencieux, au cœur des immeubles ténébreux, dans les lits aux draps glacés, aux portes des hypermarchés vides, devant les téléviseurs éteints, sur l'herbe attendrissante et sucrée des prairies, dans l'odeur calmante et phosphorescente des sous-bois, inquiets pour leurs proches vivants ou défunts et pourtant pressés de les libérer de tout lien, on a vu des millions de fantômes immobiles dans l'air bleuté par leur propre essence. Pandémie. Cette multitude d'âmes semblables, bien désireuses de rester et pourtant si impatientes de partir. Chacun, comme une photographie surexposée. une petite image. Enluminure. Portrait, visage, vision.

Quelqu'un encore un peu.

Un intérimaire du divin, tué par les hautes lumières de son histoire. Brûlé. Éteint. Une vie. Apparue pour se suivre elle-même, à peine reconnue et célébrée, déjà enfouie, engloutie, passée. Un dossier rangé au sous-sol dans le vieux meuble démodé mais qu'on garde quand même. Une trace lumineuse pendant un très court instant voulu presque éternel. Et à chaque coin de rue, ce bleu trop fort, trop cru, empêchant de bien voir, un flamboiement électrique de brume, ce crachin commun, indigo et tenace, colorant les gens comme des buvards dans l'encre de l'anéantissement. Cette nébulosité saphir, un miroitement pétrole. Cette soie luminescente, délavant ma vie dans celle des autres, m'injectant dans ce qui se pense ailleurs, inventant le souvenir que l'on aura de moi. Me révélant que ce qui m'absorbe me crée. Le bleu de la peur bleue, apparition pacifiée du crépuscule.

Pour nous faire devenir, au fnal, ce que nous sommes tous. Résilié, révoqué, aboli, libre : de l'air. Parfois un peu de poussière indocile. Dans cet azur discipliné et perdu, une absence.

(*Fantômes d'astreinte,* 2013. Nouvelle publiée in *L'imitation de vitesse,* Hispaniola Littératures, 2014 ; in *Boxer dans le vide*, Souffle court, 2017)

Avec le soutien de Rose Evans, Olivier Millet (*Hispaniola Littératures*) / Ludmilla de Monfreid et Zoé Agbodrafo (*Totemik CrowFox*) / **Merci** aux fantômes et à Darius Siam / Merci à Marie Doré, Julia Woolf et Sébastien Breton (*Lapin à Métaux*) ; Astrid Laramie, Olivier Bastille de Gouges et Paul Astapovo (*Fondation Carlota Moonchou*) ; Bob Collodi et Maria Quiroga *(Académie royale des littératures Orélides)* ; Laurent Battistini, Piotr Bish et Aksana Lydia Oulitskaïa (*Neness Danger*) / **Fantômes d'astreinte** / Éditrice : Rose Evans (avec Nina Nobel) / Photographies de couverture : Phil Aubert de Molay / Mise en pages : Anastasia Tourgueniev et Zoé Agbodrafo (avec Béthanie Rib et Nina Nobel) / Dépôt légal juin 2021 / ISBN 9782322268252 / Imprimé en Allemagne / www bod.fr / www. aubert2molay.vpweb.fr / © Ph.A2M, 2021 © Hispaniola Littératures, 2021 /

www. aubert2molay.vpweb.fr

du même auteur chez Hispaniola Littératures,
disponible en librairie et sur le site BoD www.bod.fr

Collection L'Inimaginée
(Littérature de l'imaginaire)
- PETIT TRAITE DE SORCELLERIE ET D'ECOLOGIE RADICALE DE COMBAT
- DOULEUR FANTÔME

Collection L'imaginable
(Littérature blanche)
- SAPIN PRESIDENT

Collection 1 nouvelle
- TOUTE PETITE FILLE DES DRAGONS
- SUPERETTE
- LA HAUTEUR
- LA MORT DE GREG NEWMAN
- DIX ANS AVANT LA NUIT
- SELON LA LEGENDE
- S'ENFERMER DANS UNE CABANE ET ECRIRE
- EN MARCHE
- LECON DE TENEBRES
- L'HIVER 1877 DE MISS EMILY DICKINSON
- LA ROUSSEUR DU RENARD
- TECHNIQUES DE VOL HUMAIN EN CIEL NOCTURNE
- LA FEE DES GRENIERS
- ROUTE DU GRAND CONTOUR
- LE DOCUMENT BK 31
- FANTÔMES D'ASTREINTE
- BRODERIES ET TRAVAUX D'AIGUILLES
- LA REPUBLIQUE ABSOLUE
- LA BONNE LONGUEUR DE MECHE
- MADRID, ETATS ZUNIS D'AMERIQUE
- INTERNITE
- SURVIVANT
- SUPER HEROS À TEMPS PARTIEL
- POUR UNE FOIS QU'IL NEIGE
- KANSAS ET ARKANSAS

Collection 1 nouvelle